깎은 손톱

초판1쇄 발행일
2014년 5월 6일

초판4쇄 발행일
2019년 11월 25일

글
정미진

그림
김금복

펴낸곳
atnoon books

펴낸이
방준배

디자인
강경탁

교정
엄재은

등록
2013년 08월 27일 제 2013-000257호

주소
서울시 마포구 연남로 30

홈페이지
www.atnoonbooks.net

인스타그램
atnoonbooks

페이스북
atnoonbooks

유튜브
yt.vu/+atnoonbooks

연락처
atnoonbooks@naver.com

ISBN 979-11-952161-1-6

이 책의 글과 그림의 일부 또는 전부를 재사용하려면 반드시 저작권자의 동의를 얻어야 합니다.

ⓒ 정미진 김금복, 2014

이 도서의 국립중앙도서관 출판시도서목록(CIP)은 서지정보유통지원시스템 홈페이지(http://seoji.nl.go.kr)와 국가자료공동목록시스템(http://www.nl.go.kr/kolisnet)에서 이용하실 수 있습니다.
(CIP제어번호 : CIP2014012893)

책값은 뒤표지에 표기되어 있습니다.

깎은 손톱

글 · 정미진   그림 · 김금복

at|noon *books*

또
각
또
각

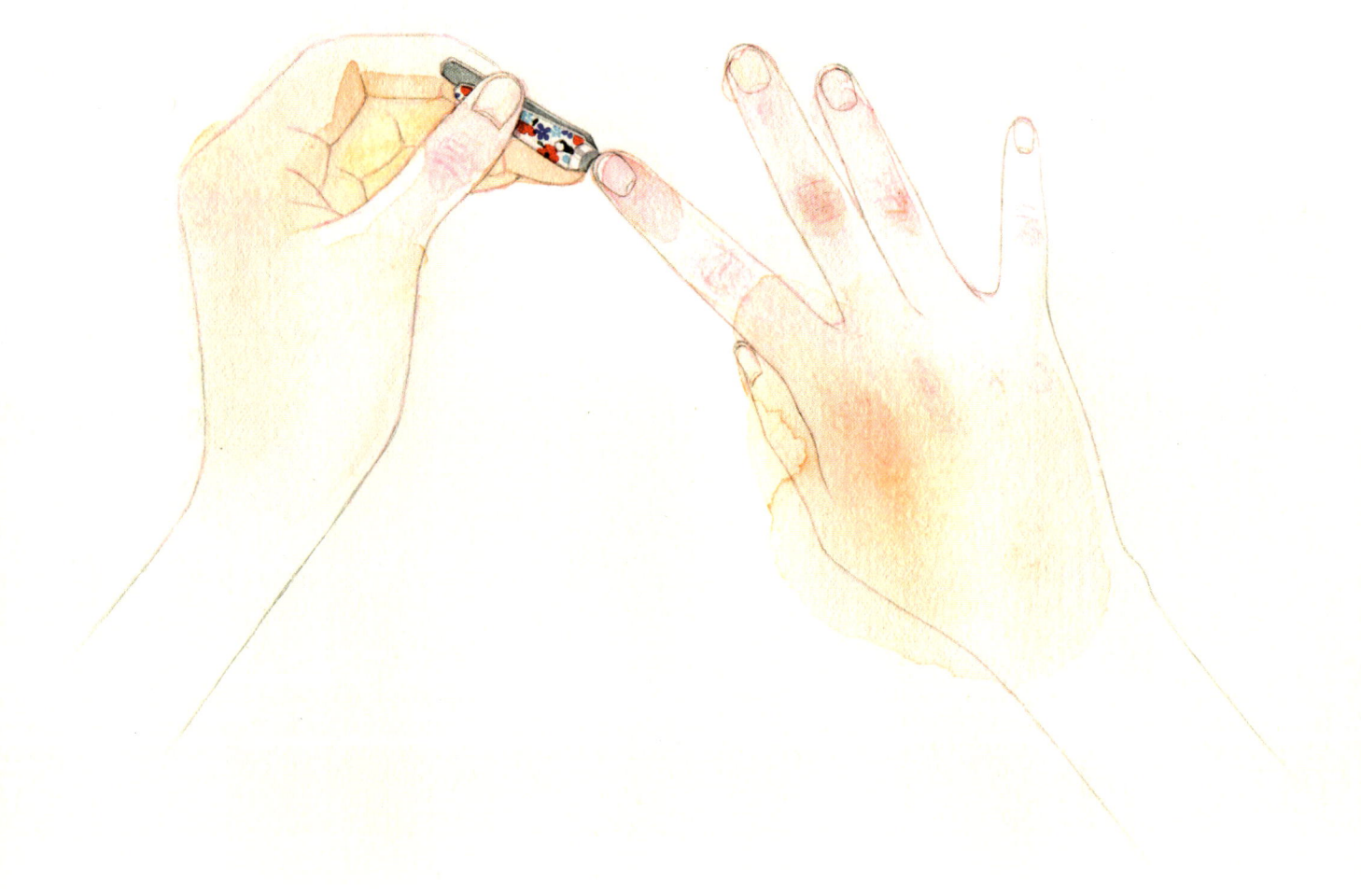

또각
또각

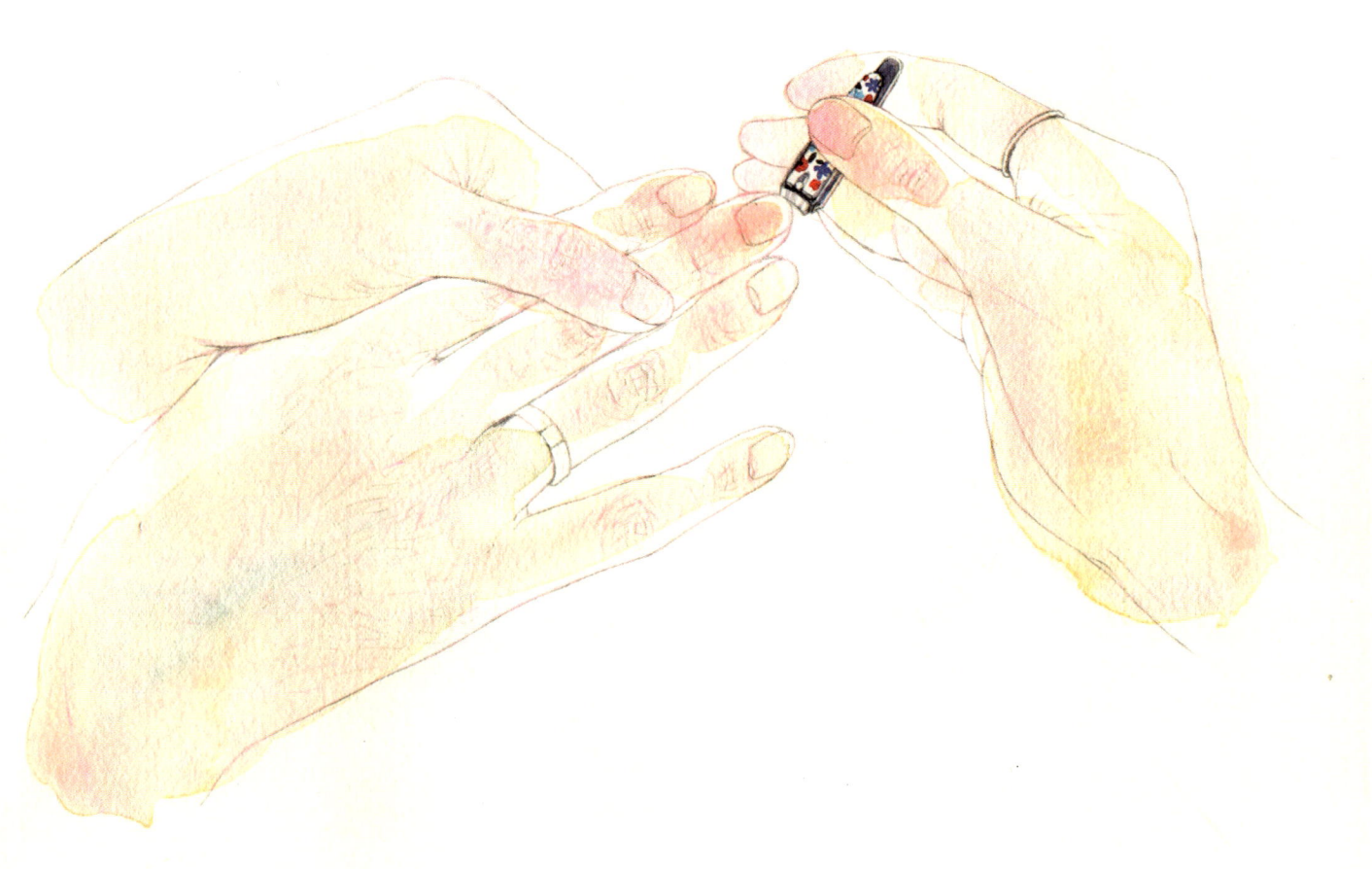

또각또각

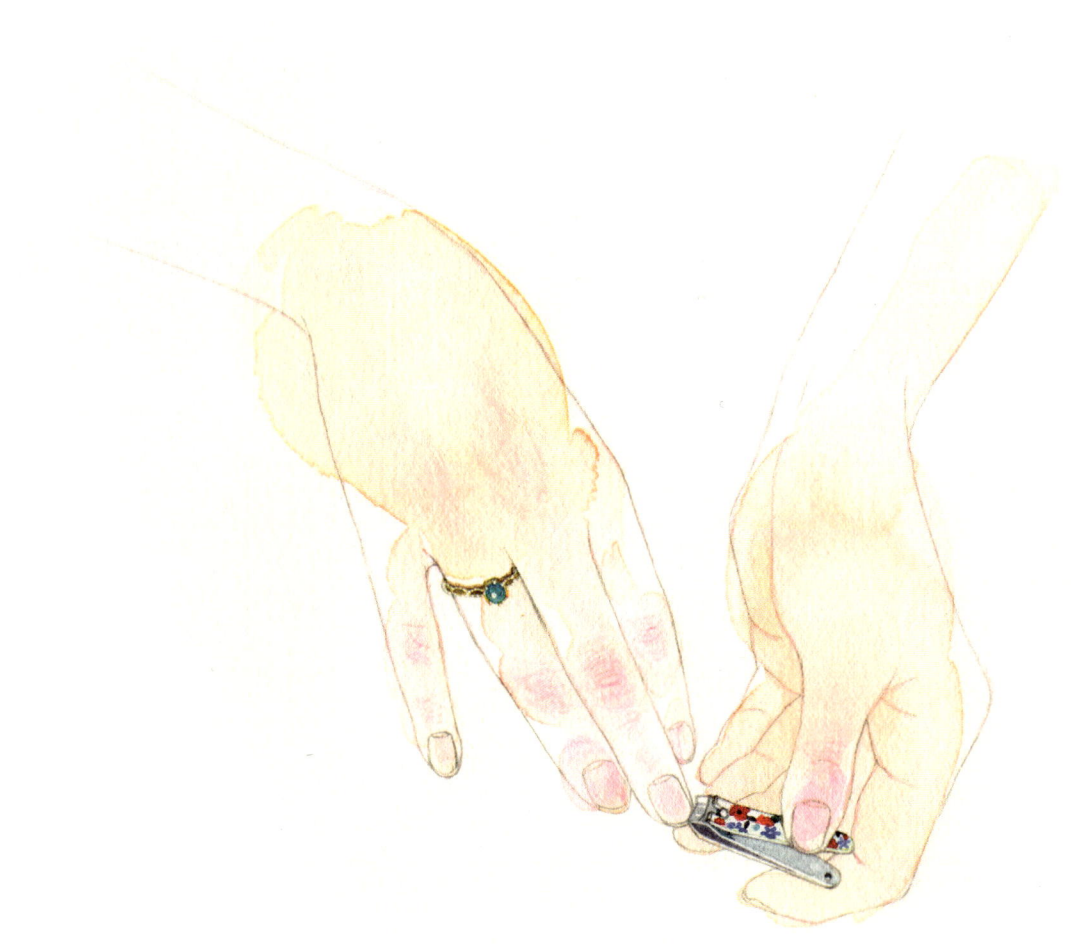

첫사랑이 이루어지길 소원하면서요.
소녀는 붉은 봉숭아물을 들입니다.

할머니는 시구에 맞춰 뜨개질을 하지요.
할아버지는 시를 지으며 가만히 읊조리고

아기가 엄마 만날 준비를 마쳤나 봅니다.

엄마 배에 똑·똑·노크를 합니다.

소녀의 첫사랑은 수줍게 손을 잡으며 피어나지요.

시간들이 담겨 있습니다.
그 사이에는 결코 늙지 않은
포개어 잡은 두 손.
늙은 아내와 늙은 남편이

부서질까 날아갈까 조마조마.

엄마는 우주를 두 손에 품은 듯 겁이 납니다.

터질 듯 붉어져 가지요.
봉숭아물처럼 소녀의 마음은

밭 그레 웃어 보이지요.
할머니는 그러자며
텃밭을 가꾸어 보자 이야기합니다.
할아버지가 올해는

새근새근 아기의 꿈속이 엄마는 궁금하기만 합니다.

한 뼘 한 뼘 아기의 세상은 나날이 커져 가지요.

손톱을 깨뭅니다.
소녀는 불안함에
소녀의 손을 잡아 주지 않습니다.
붉은 마음은 더 이상

할 수 있는 일이 없습니다.
할머니는 기도하는 것 외에
얼마 남지 않았습니다.
할아버지의 시간이

매일 허둥지둥.
엄마는 아기를 돌보느라
지쳐 잠이 들지요.
그러다

소녀에게 이별이 찾아왔습니다.
애처로울 즈음,
글어 뜯어 당가진 손톱이

새벽 공기에 번져갑니다.
눈물방울이 잠들지 못하는

엄마도 어찌할 줄 몰라 아기처럼 울기만 합니다.

감기로 열이 오른 아기는 넘어갈 듯 울어댑니다.

또각또각

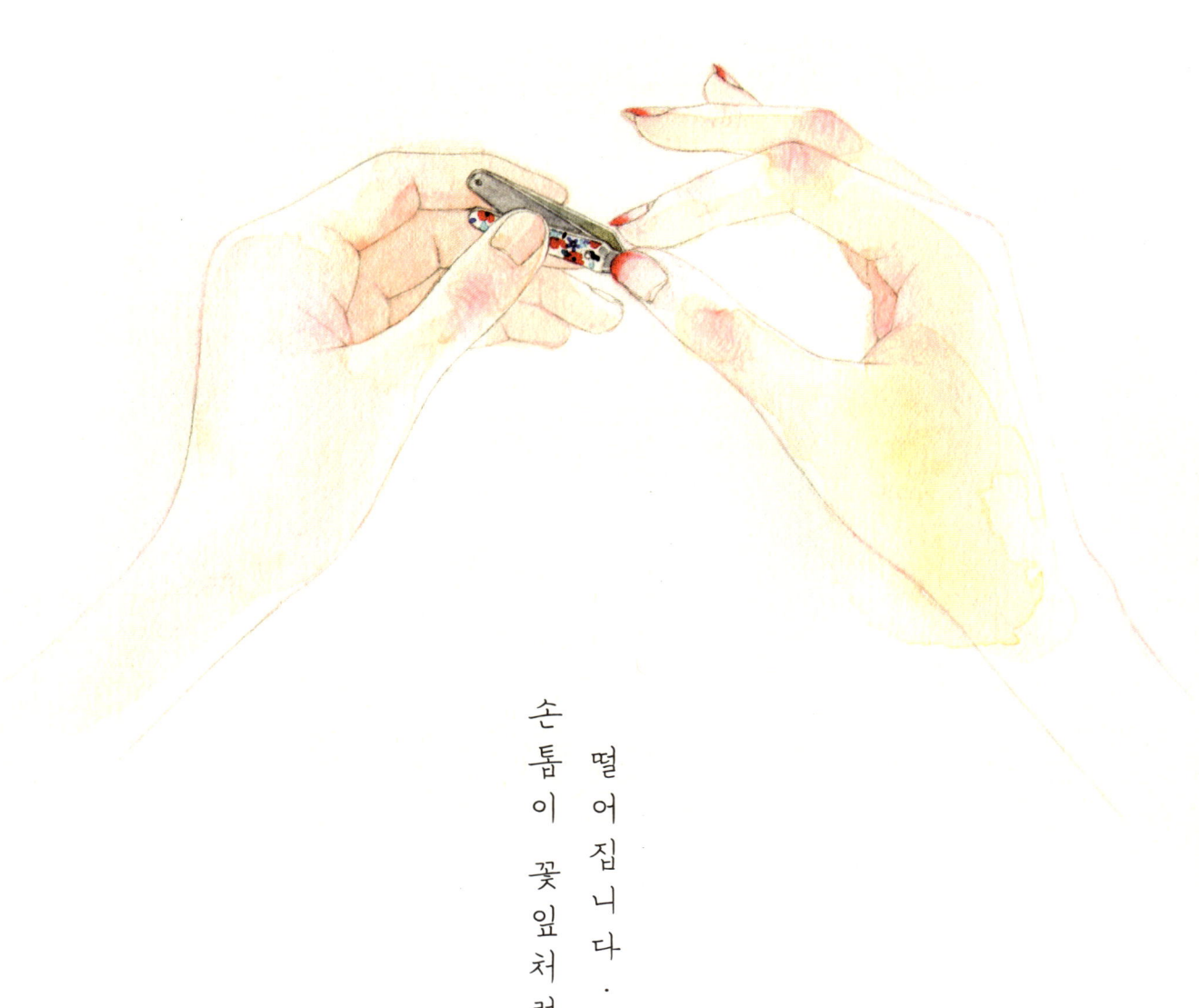

손톱이 꽃잎처럼 떨어집니다.

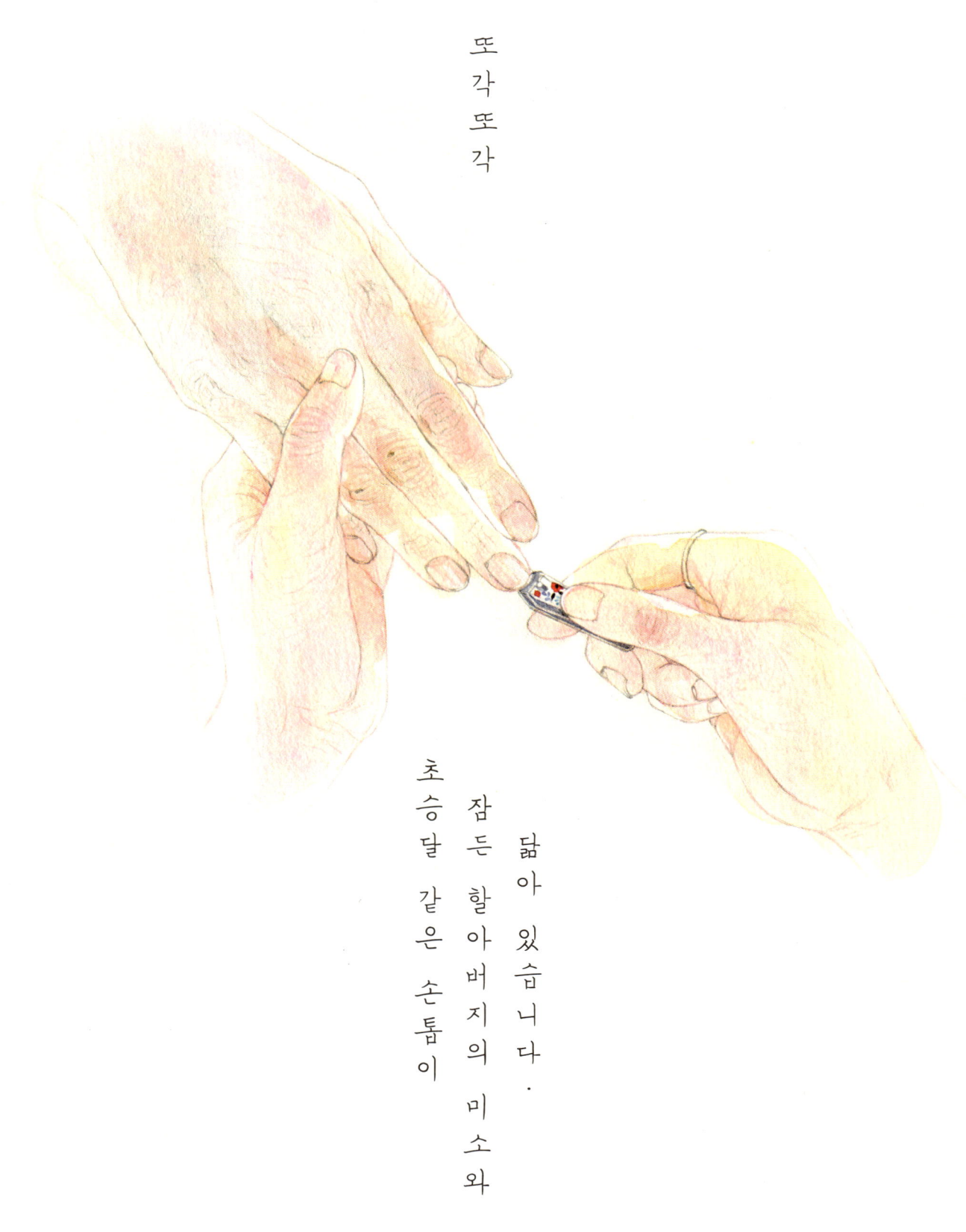

또각또각

초승달 같은 손톱이
잠든 할아버지의 미소와
닮아 있습니다.

그간 시간 고마웠소.
너무 애쓰지 마세요.
세월을 돌고 돌아서
우리 다시 만납시다.

또각또각

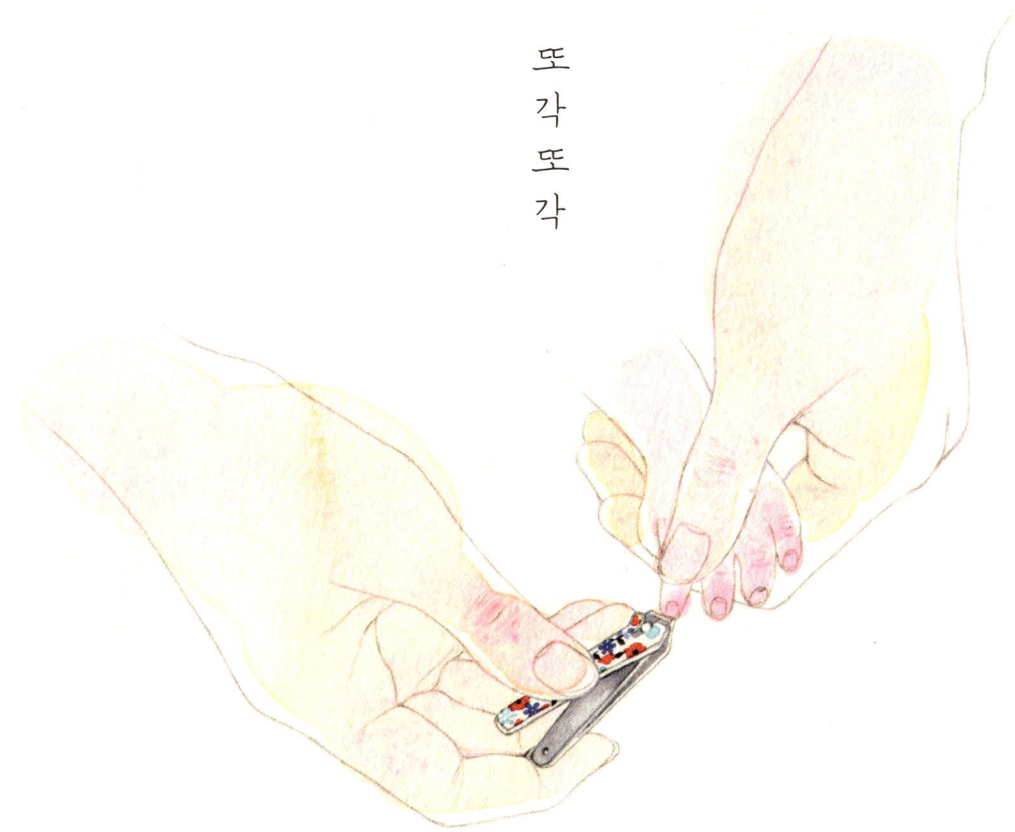

엄마는 기특하기만 하지요.

아기의 손톱이

떡고물마냥 자라난

글 · 정미진
시나리오 작가로 활동하고 있다. 글을 쓰는 사람이 되었지만 어릴 적 꿈은 화가였다. 어릴 적 꿈과 현재의 꿈을 함께 이룰 방법을 고민하다, 그림책을 만들게 되었다. 글을 쓴 그림책으로 『있잖아, 누구씨』『코피 대작전』이 있다.

그림 · 김금복
일러스트레이터로 활동하고 있다. 오랜 시간이 지나도 바래지 않는 그림을 그리고 싶다. 『깎은 손톱』이 첫 번째 그림책이다.

at|noon books

정오의 따사로움과 열정을 담은
어른들을 위한 그림책을 만듭니다.